AF358312

VENTE DU JEUDI 8 NOVEMBRE 1888

HÔTEL DROUOT, SALLE N° 8.

MEUBLES ANCIENS

ET DE STYLE

CURIOSITÉS

Tapisserie — Grands Tapis d'Orient

Appartenant à divers

TAPISSERIE DU XVIᵉ SIÈCLE

Dépendant de la succession de M. BERRIER

vendue par suite d'acceptation bénéficiaire

EXPOSITION

Le Mercredi 7 Novembre 1888

DE UNE HEURE A CINQ HEURES

Mᵉ PAUL CHEVALLIER
COMMISSAIRE-PRISEUR
10, rue de la Grange-Batelière, 10

M. CHARLES MANNHEIM
EXPERT
7, rue Saint-Georges, 7

CATALOGUE

DES

MEUBLES ANCIENS

ET DE STYLE

Cabinets italiens et espagnols — Autre en laque de Chine
Armoires hollandaises — Scribans — Commodes
Tables — Bureaux marquetés et incrustés — Sièges
Meuble de salon Louis XV, foncé de canne

Grande Tapisserie Louis XIII — Grands tapis de Smyrne

CURIOSITÉS DIVERSES

Sculptures — Armes — Cuivres
Faïences — Porcelaines — Objets de vitrine — Tableaux
Gravures — Livres

Appartenant à divers

Tapisserie du XVIᵉ siècle, dépendant de la succession de M. BERRIER

DONT LA VENTE AURA LIEU

HOTEL DROUOT, SALLE Nᵒ 8

Le Jeudi 8 Novembre 1888

A 2 HEURES

Mᵉ PAUL CHEVALLIER	M. CHARLES MANNHEIM
COMMISSAIRE-PRISEUR	EXPERT
10, rue de la Grange-Batelière, 10	7, rue Saint-Georges, 7

EXPOSITION PUBLIQUE

Le Mercredi 7 Novembre 1888, de 1 heure à 5 heures.

CONDITIONS DE LA VENTE

Elle sera faite au comptant.

Les acquéreurs payeront, en sus des adjudications, *cinq pour cent* applicables aux frais.

L'exposition mettant le public à même de se rendre compte de l'état des objets, il ne sera admis aucune réclamation une fois l'adjudication prononcée.

Paris. — Imp. de l'Art, E. Ménard et Cie, 41, rue de la Victoire.

DÉSIGNATION DES OBJETS

MEUBLES

1 — Armoire hollandaise en noyer, décorée de colonnes engagées et offrant sur chaque porte une cariatide engainée sous une arcade monumentale.

2 — Meuble italien à deux corps et à couronnement cintré, en palissandre et marqueterie de bois et d'ivoire, avec moulures et cariatides sculptées. Le corps supérieur ouvre à l'aide d'un abattant représentant une chasse ; le bas est à deux vantaux, décorés de figures.

3 — Grand cabinet Louis XIII, plaqué intérieurement et latéralement d'ébène ; les tiroirs sont recouverts par deux vantaux de bois noir gravé simulant d'autres tiroirs ; support à pieds et traverses tors.

4 — Autre en bois noir gravé, avec support à pieds tors.

5 — Petit cabinet en ébène, à tiroirs et fermant à deux vantaux ; pied tourné à entretoise.

6 — Chaise italienne en noyer, ornée d'incrustations d'ivoire.

7 — Fauteuil canné, plusieurs chaises et bois de chaises.

8 — Grand meuble scriban Louis XV en noyer, à moulures noires; le haut à deux portes, le milieu formant bureau; le bas à trois tiroirs en manière de commode.

9 — Corps supérieur d'armoire en chêne, à moulures et ornements sculptés. XVIIIe siècle.

10 — Six chaises laquées rouge, avec sièges formés de plaques en porcelaine du Japon, décorées bleu.

11 — Deux fauteuils en chêne, à dossiers sculptés.

12 — Ancien cabinet espagnol en noyer, à abattant, garni de ferrures, et un support-console moderne.

13 — Autre cabinet espagnol, à abattant et tiroirs à l'intérieur.

14 — Table en palissandre, à deux tiroirs; le dessus, en marqueterie, figure une étoile.

15 — Petit cabinet italien, à deux vantaux, en ébène et incrustations d'ivoire.

16 — Table-servante en acajou, à dessus de marbre.

17 — Cabinet Louis XIII plaqué d'ébène, à porte centrale entourée de tiroirs.

18 — Cabinet Louis XIII en bois noir, à moulures guillochées et support à pieds tors.

19 — Table-toilette style Louis XV, bois noir incrusté de cuivre.

20 — Grande armoire à deux corps en noyer. Les quatre portes présentent des caissons octogones bordés de moulures noires.

21 — Armoire hollandaise en palissandre, à frises et ornements sculptés et moulures noires guillochées.

22 — Commode italienne de forme Louis XV, à quatre tiroirs, décorée de fleurs arabesques en incrustation d'ivoire gravé.

23 — Petit cabinet à tiroirs plaqués d'ébène et d'écaille, encadrés de moulures guillochées; il ferme à deux vantaux en bois de placage.

24 — Cabinet du XVIIe siècle, à porte monumentale, à colonnes séparant les tiroirs; il est plaqué d'écaille et à moulures noircies; pied à colonnes, moderne.

25 — Cabinet en palissandre et à moulures noires; piétement à colonnes torses.

26 — Crédence-dressoir en chêne sculpté. Style Renaissance.

27 — Coffre en chêne sculpté. Style Louis XIII.

28 — Bureau Louis XVI à cylindre; dessus en marbre blanc.

29 — Bois d'écran en palissandre. Style Louis XV.

30 — Autre en bois doré.

31 — Meuble de salon du temps de Louis XV, en bois sculpté et foncé de canne ; il porte la marque : *Falconet*.

32 — Fauteuil Louis XIV en bois sculpté.

33 — Table à jeu en laque de Chine, noir et or.

34 — Tabouret turc en mosaïque d'os et de nacre.

35 — Deux escabeaux italiens en noyer incrusté d'ivoire gravé et à moulures noircies.

36 — Console Louis XVI, acajou incrusté de filets de cuivre.

37 — Petit cabinet japonais en laque.

38 — Petit cabinet du XVIIe siècle, à tiroirs décorés de broderies en relief et fermant au moyen d'un abattant.

39 — Coffre en chêne.

40 — Armoire Louis XV, et plusieurs portes d'armoire, etc.

41 — Plusieurs cadres en bois sculpté, panneaux, frises, frontons.

42 — Console Louis XV en bois doré.

43 — Cabinet suisse en bois sculpté.

44 — Petit cabinet à parties plaquées d'écaille et moulures guillochées ; six tiroirs.

45 — Autre en bois noir orné de plaquettes d'os gravé.

46 — Bureau dos d'âne à deux tiroirs, marqueterie de bois.

47 — Prie-Dieu en chêne avec bas-reliefs sur les portes.

48 — Table ronde à volets, en marqueterie de bois hollandaise.

49 — Table Louis XIII en chêne, à pieds tournés.

50 — Encoignure décorée de gravures coloriées et vernies.

51 — Tabernacle, cabinet en marqueterie, etc.

52 — Meuble hollandais vitré sur les côtés, en marqueterie de bois à fleurs.

53 — Commode Louis XV, à deux tiroirs, en marqueterie de bois rose à treillis.

54 — Crédence Louis XIII, à moulures et colonnes cannelées.

55 — Ancien bahut à portes sculptées en bas-relief (sujets religieux), surmontant deux tiroirs.

56 — Cabinet en laque de Chine, noir et or, décoré de kiosques et d'oiseaux, et garni d'appliques et d'écoinçons en cuivre gravé.

57 — Cabinet en palissandre incrusté de filets d'ivoire, et offrant sur chaque porte une figure sous un portail à colonnes torses ; pied-console à pieds tors.

58 — Coffre en laque de Chine incrusté de burgau.

59 — Bureau de forme Louis XIII et à tiroirs, en palissandre et marqueterie, à motifs composés de rinceaux feuillagés.

60 — Commode à trois rangs de tiroirs, en marqueterie de bois à décor de fleurs avec quelques fleurettes en incrustation d'ivoire.

61 — Table-jardinière en marqueterie de bois, à décor de figures et d'arabesques.

62 — Meuble-scriban en palissandre et bois rose ; le haut et le bas à portes pleines ; le milieu à abattant formant bureau.

63 — Armoire italienne à deux corps, en bois de placage et marqueterie ; les portes sont décorées de vases Louis XVI.

64 — Commode italienne Louis XVI, en marqueterie de bois (maggiolini), à décor de figures, guirlandes et médaillons.

TABLEAUX

SCULPTURES, BRONZES ET OBJETS VARIÉS

65 — **Giorgione** (d'après). *Concert champêtre,*

66 — Gravures et dessins encadrés, petits émaux et divers tableaux.

67 — Plusieurs groupes en terre cuite.

68 — Grand Christ en bois sculpté. XVIIe siècle.

69 — Quatre guirlandes, fleurs et fruits, en bois sculpté et doré.

70 — Groupe : la Vierge et l'Enfant Jésus.

71 — Colonnes, montants, cartels, cages de pendules, etc.

72 — Trumeau en bois sculpté découpé à jour et rehaussé de dorure.

73-74 — Deux cartels en bronze doré, style Louis XVI, à vases et guirlandes.

75 — Deux pistolets Louis XV, à pierre, garnis d'ornements d'argent ciselé.

76 — Armure, casques, arquebuse à mèche, etc.

77 — Appliques en cuivre repoussé.

78 — Autres en fer doré, garnies de cristaux.

79 — Mortier du XVIe siècle, en bronze.

80 — Livres : la Henriade, illustrée par De Troy,
Vleughels ; in-4°. Londres, 1728. — Mode
turque, recueil in-folio de planches gravées.
Plusieurs livres reliés en veau, reliures, manus-
crits, etc.

81 — Deux tableaux faits d'appliques en cuivre repoussé et doré, ressortant sur fond de velours.
Époque Louis XV.

82 — Deux socles de pendule en marqueterie de
cuivre et d'écaille du XVIIe siècle,

83 — Lots de cuivres de meubles, de socles de che-
nets, fragments de pendules, etc.

84 — Cage de pendule en bronze doré, en forme
de tente flanquée de canons.

85 — Deux peintures : le Christ et la Vierge, dans
des cadres vénitiens de glaces étamées, garnis
d'appliques en cuivre doré.

86 — Boîte octogonale en laque rouge de Pékin.

87 — Coffret en verre peint.

88 à 90 — Ivoires : poignées de couteaux de chasse,
boîte à gants de travail chinois, amorçoir, corne
gravée, etc.

91 — Émaux peints de la Chine : plateaux, tasses
à fond blanc.

92 — Deux flambeaux et un gobelet, même émail,
à fond bleu.

93 — Divers coffrets.

94 — Pendule en cuivre, dite à l'Éléphant.

95 — Diverses pendules.

96 — Lot de cafetières anciennes en cuivre, salières.

97 — Lot de verrerie.

98 — Nombreux objets sous ce numéro.

FAIENCES — PORCELAINES

99 — Petite cheminée et deux poêles en faïence de l'époque Louis XV.

100 — Flacons carrés, soupière, plats en Japon.

101 — Plats en faïence de Delft.

102 — Deux salières Saxe gaufré, à décor de fleurs.

103 — Tasses, sucriers, Chine, fond capucin, réserves à fleurs.

104 — Fontaine, potiches et vases en porcelaine imitation de Chine.

105 à 108 — Boîtes et bonbonnières, tasses, pipes, manches de couteau, fleurs en porcelaines de Saxe et d'Allemagne, etc.

109 — Écuelle en faïence du Midi, plats en faïence italienne et autres.

TAPISSERIE — TAPIS — ÉTOFFES

110 à 112 — Trois grands tapis de Smyrne, de dessins variés.

113 — Grand tapis en moquette.

114 — Grande tapisserie Louis XIII, représentant le Veau d'or, avec bordure composée de corbeilles de fruits et de vases de fleurs reliés par des arabesques.

115 — Deux chapes en damas ponceau avec parements en lampas et galons métalliques.

116 — Chasuble, lot d'étoles, robe chinoise.

117 — Miroir dans un étui en velours brodé argent, et un médaillon en broderie de soie et d'argent représentant la Madeleine.

118 — Tapisserie des premières années du XVIe siècle, représentant une scène de fiançailles composée de nombreux personnages en riches costumes de l'époque. Haut., 2 m. 85 cent. ; larg., 3 m. 50 cent. Cette tapisserie dépend de la succession de M. Berrier et sera vendue par suite d'acceptation bénéficiaire.